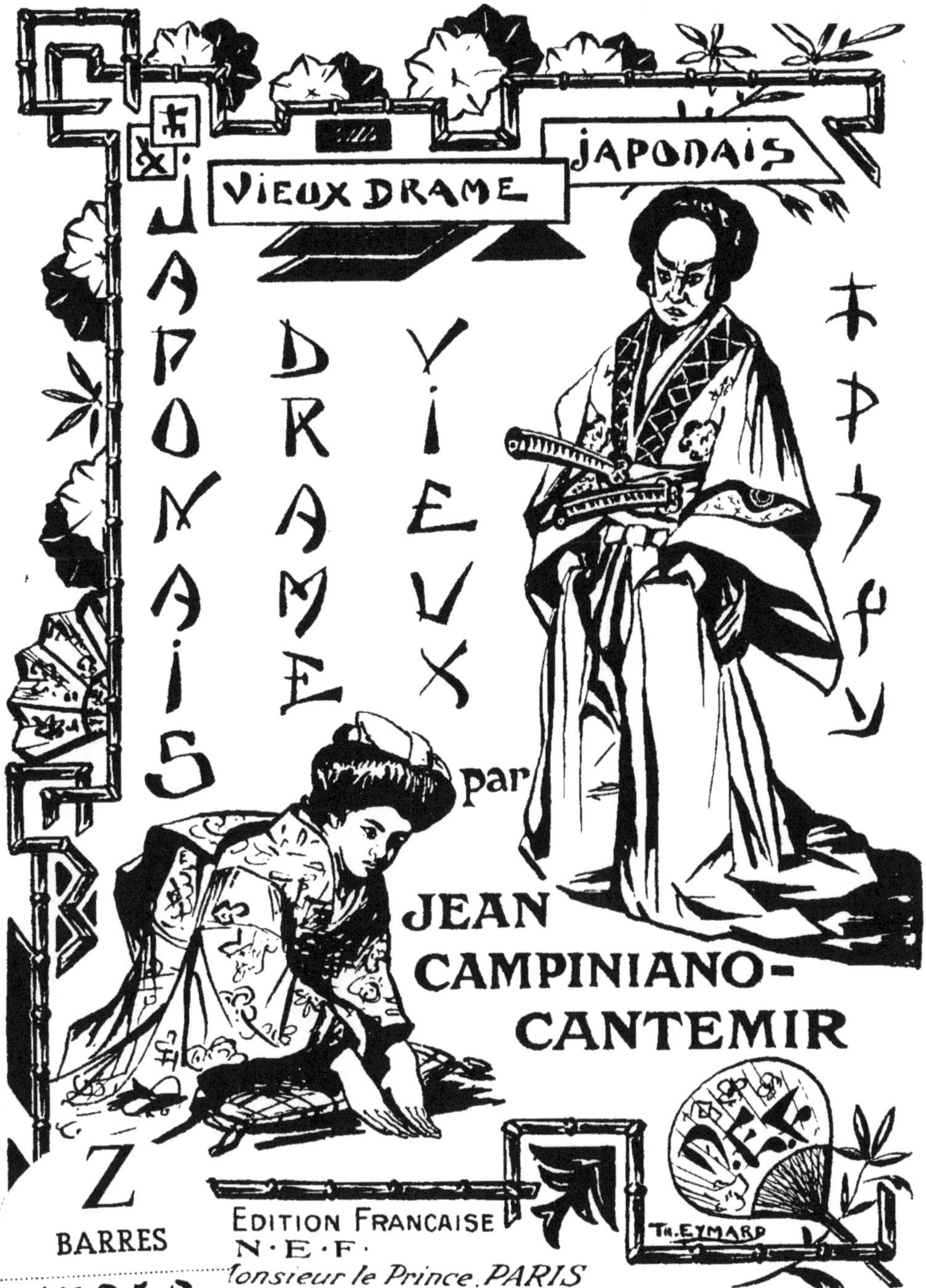
VIEUX DRAME
JAPONAIS
JAPONAIS
DRAME
VIEUX
par
JEAN
CAMPINIANO-
CANTEMIR
TH. EYMARD

EDITION FRANCAISE
N·E·F·
onsieur le Prince. PARIS

A Monsieur [illegible] Barrès,
de l'Académie française
hommage [illegible]
l'écrivain [illegible]
Jean [illegible]
le I Sept. 1912
[illegible]

Vieux Drame Japonais

A Frédéric Mistral

en souvenir de ses encouragements

*Il a été tiré de cet ouvrage 1.000 exemplaires
hors commerce*

Jean CAMPINIANO-CANTEMIR

Vieux Drame Japonais

La Nouvelle Edition Française

6, Rue Monsieur le Prince, 6

PARIS

Je parcourais, certain soir, les notes de voyage de Jean Campiniano-Cantemir, lorsque je découvris, parmi ses impressions, un effet scénique qui me remémora le drame japonais *l'Amour de Kesa*, de Robert d'Humières, où la situation des personnages, lors du dénouement, présente une antithèse dramatique de même tradition. Selon le désir de l'auteur, je suis heureux de signaler au public ce rapprochement qui pourrait rattacher le drame moderne au théâtre japonais si, par fiction, on changeait la situation des acteurs. En effet, si le justicier du théâtre de Yokohama venait sur la scène pour tuer la mousmé, ou si dans l'*Amour de Kesa* l'héroïne du drame était visible lorsqu'elle est frappée par le samurai, alors que celui-ci la poignarde à l'intérieur de l'habitation en passant le bras au travers du *shōji* de papier, nous aurions la solution tragique moderne.

Qu'il me soit permis de rappeler que l'auteur de cette étude originale, érudit autant qu'observateur subtil, compte parmi ses illustres ancêtres le prince Antioche Cantémir, qui brillait à la cour de Louis XV, encensé par Voltaire, et dont le madrigal à la duchesse d'Aiguillon est resté célèbre.

GAUTRON DU COUDRAY.

Paris, 28 juillet 1912.

Avant-Propos

L'*Armand-Béhic* venait d'arriver un jour en retard par suite de la tempête, lorsque le hasard d'une promenade à pied dans la rue des théâtres et spectacles divers, me permit de voir une pièce émouvante dont j'ai compris seulement le profond réalisme par le jeu des acteurs, vraiment très expressif.

Toutefois, malgré mon ignorance de la langue japonaise, je tiens à publier ces impressions naïves mais certainement fidèles, pour que le lecteur ayant le compte rendu de la pièce, puisse rectifier mes suppositions, surtout s'il entre en rapport avec un japonais lettré, ou trouve plus tard la traduction du drame.

Quant à moi, désireux de garder intact le souvenir d'une représentation fort impressionnante, je n'ai pas cherché la moindre explication hors celle de certains mots.

Peu de temps, après l'*Armand-Béhic* était sous les tropiques par une de ces nuits chaudes où l'on dort sur le pont, même au cœur de l'hiver; et comme on songe toujours à ce qui n'est plus là, — je rêvais au

Japon déjà loin, le pays des fleurs et des mousmés souriantes! — puis, dans une hantise, il me sembla revoir la pièce dramatique évoquant si bien le Japon du passé où les femmes elles-mêmes portaient sabre et poignard. Les japonais d'alors furent-ils donc si féroces?

Peut-être qu'avant tous leurs récents triomphes, les Nippons aimaient les spectacles cruels, et s'il en fut ainsi, je me plais à voir un changement très sensible. Venus pour assister à l'un de leurs vieux drames, les spectateurs, parmi lesquels je n'ai pas vu de femmes, suivaient les péripéties de la pièce avec attention, mais visiblement gênés (1); j'eus même l'impression que ce drame avait cessé de plaire malgré le talent des acteurs, qui ne furent pas applaudis, sauf la geisha (2), dans sa pantomime et la danse mortuaire auprès de son amie.

Du reste les massacres d'antan, le harakiri (3) qui paraît barbare et rejoint dans l'oubli les armes démodées, ces actes sanguinaires étaient bien moins la manifestation d'un sentiment féroce que celle d'une tradition religieuse transmise à la postérité.

A l'époque mystique où les prêtres étaient juges et

(1) La réserve du public ne s'expliquait pas par la présence d'étrangers dans la salle, puisque j'étais le seul.

(2) Les *geisha* sont des mousmés plus instruites sachant danser et chanter.

(3) Le *harakiri*, ou le fait de s'ouvrir le ventre, est le suicide traditionnel des japonais. Anciennement ils s'ouvraient le ventre sans aucune assistance; plus tard, celui qui voulait faire harakiri se coupait légèrement le ventre en prononçant des paroles solennelles, puis son ami lui tranchait la tête.

même législateurs au nom des éléments, les premiers dieux connus, le peuple du Japon terrifié par l'activité destructive des volcans et les tremblements de terre qui déchiraient le sol, avait dû demander aux *kannushi*, les prêtres shintoïstes, la raison de tous ces cataclysmes dans l'espoir d'y remédier. Les prêtres, embarrassés, durent insinuer qu'on négligeait le culte, irritant la terre, un des nombreux esprits. De là me semble venir l'usage de faire harakiri, ou de s'ouvrir le ventre en se vengeant ainsi des insultes d'autrui, pour imiter le sol divin qui se fendait lui-même pour punir le peuple d'une absence d'égards envers ses mandataires; enfin, si dans le passé le sang coulait souvent comme la lave brûlante, si les têtes roulaient aussi facilement que les habitations renversées, englouties, tout cela n'eut pas lieu par pure imitation, mais encore afin de conjurer les éléments hostiles, en leur offrant d'avance assez de victimes pour que les dieux calmés ne vinssent plus eux-mêmes les chercher au hasard (1).

Si l'on n'admet pas cette explication, comment concilier des mœurs dites cruelles, avec les usages d'Itsukushima (2), l'île d'amour et de bonté, d'une douceur à nulle autre pareille et tels qu'aucun poète de notre race n'aurait pu les rêver! Là, dans l'île des Miya (3), temples shintoïstes où pendent les

(1) Sous la féodalité, le harakiri s'expliquerait plutôt par l'impossibilité pour le vassal, d'effacer autrement les insultes du suzerain.

(2) Le nom de cette île de la mer intérieure vient du verbe *itsukushimi* qui signifie aimer.

(3) L'île d'Itsukushima s'appelle aussi Miyajima.

gohei (1) de papier blanc plié, symboles de la pureté divine, le sang ne doit couler, la douleur est exclue (2).

(1) Les *gohei* sont des morceaux de papier blanc accrochés dans les temples shintoïstes pour représenter les Kami, nombreux esprits ou divinités.

(2) Pour plus de détails, je note un beau passage de Loti sur l'île de Miyajima : « Une île d'où l'on a voulu bannir toute souffrance, même pour les arbres, et où nul n'a le droit de naître, ni de mourir !... Quand quelqu'un est malade, quand une femme est près d'être mère, vite on l'emmène en jonque dans une des grandes îles d'alentour, qui sont terres de douleur comme le reste du monde.

« Mais ici, non, pas de plaintes, pas de cris, pas de deuils... »

(*La 3me jeunesse de Mme Prune*, page 279).

Vieux Drame Japonais

Yokohama, 30 novembre 1911.

Le rideau se lève tandis que sur la scène plusieurs moussoumé (1), en kimono mauve pâle, ont l'air de figurantes; ici clairsemées parmi les nattes blanches, là formant des alignements (2) gracieux comme les rangées de fleurs des baguettes festivales (3).

(1) Pour la prononciation française, cette transposition du mot japonais qui signifie jeune fille, me semble préférable à *musumé* ou mousmé, le terme consacré. Du reste, j'emploierai moussoumé ou mousmé suivant l'euphonie, moussoumé sans pluriel car ainsi le veut la langue japonaise.

(2) Les japonais ont un faible pour les lignes droites et la direction perpendiculaire suivie par leur ancienne écriture aux symboles chinois comme dans les caractères actuels *(Katakana, hira-kana).*

(3) Ces bâtonnets garnis de fleurs en papier, et peut-être de fleurs naturelles lorsque arrive le printemps, pendent à maints étalages de Tokyo, surtout le long de l'allée qui mène au temble de Kwannon, déesse de la pitié dans Asakusa, le parc populaire.

Des salutations multiples et fort cérémonieuses, sans bouger de place (1), ou par des petits pas suivis chacun d'une autre révérence où le corps incliné semblait faire un plongeon, rapprochent les mousmés qui finirent par s'asseoir ou plutôt s'agenouiller sans croiser les jambes (2), tandis qu'en arrière de leur tête penchée (3) toujours prête à saluer, le buste un peu long pour les membres assez courts, fléchissait gracieusement sur les pieds tournés à l'intérieur avec leurs doigts rejoints comme ceux du Daibutsu, le grand Budha de bronze à Kamakura (4).

(1) En général les japonaises qui saluent sur place restent assises, et quand elles sont debout, leur tête trop baissée vers le buste forme un angle droit, de sorte qu'alors en guise de figure on voit plutôt le chignon très fourni.

(2) L'usage oriental de s'accroupir en croisant les membres inférieurs, n'est guère usité par les femmes de l'Extrême-Orient.

(3) L'inflexion du corps est fréquente chez les nippones pour qui le dos voûté, puis l'ampleur du nœud fermé de l'*obi* (large ceinture attachée maintenant par derrière) simulant parfois une véritable bosse, font partie des signes d'élégance.

(4) Les malaises s'asseoient d'une manière analogue, mais leurs pieds sont tournés au dehors avec la partie intérieure appuyée sur le sol; à l'inverse des japonaises chez qui l'extérieur des pieds touche les nattes ou leur coussinet (*za-buton*). J'explique cette différence par une habitude tirée de la démarche. Les nippones distinguées allaient les pieds en dedans, tandis que les malaises emploient notre façon de marcher. Les chinoises, indo-chinoises, singhalaises (cingalaises) et japonaises du peuple reposent en équilibre, car après avoir glissé sur les cuisses repliées le long des jambes debout, leur corps pesant sur les talons menus tomberait à la renverse si la tête n'avançait vers les genoux en l'air.

Timides et puis souriantes après leurs compliments, les gentilles moussoumé se mettent à bavarder d'une voix qui semblerait un gazouillement d'oiseaux sans tant de gutturales (1).

Maintenant l'héroïne du drame et sa touchante amie viennent se joindre au groupe où la conversation s'anime par des rires, vite remplacés par des signes d'effroi. Les funestes messages se succèdent ensuite parmi les remontrances d'une jeune dame altière arrivée sur l'estrade, et les vifs reproches qu'elle subit à son tour lorsqu'un samurai (2) apparaît sans tarder.

La mèche hérissée sur sa tête rasée, deux sabres à la ceinture d'un riche kimono, le guerrier va s'asseoir au milieu de la scène. Alors derrière lui la châtelaine et plusieurs mousmés se placent à la file, tous figés dans l'immobilité, paraissant attendre un événement fatal.

Soudain le samurai se lève comme mû par un ressort, il semble frémir; les mousmés tremblantes se blottissent le long d'un châssis, de la scène, tandis qu'une voix rauque attire l'attention sur un géant

(1) La langue japonaise a souvent conservé les lettres primitives *k*, *g*, rarement adoucies par l'aspiration comme dans le chinois où la sifflante *h* remplace presque partout les autres gutturales, d'où l'impression du miaulement lorsque les chinoises prononcent leur langage avec affèterie, surtout sur la scène.

(2) Les *samurai* formaient la caste militaire, elle-même subdivisée en plusieurs classes où chaque ressortissant pouvait porter deux sabres, et juger non seulement les gens du peuple, mais même tout samurai d'une classe inférieure à la sienne.

sinistre rendu plus formidable par le *hakama* noir, un large pantalon de cérémonie traînant derrière ses pieds pareils à des genoux. Grandi par cette allure, il monte vers l'estrade suivant le pont de planches qui du fond de la salle conduisait à la scène par dessus les loges sans sièges du parterre. Ses vêtements étaient noirs avec riches broderies d'or comme la vaste pélerine qu'il retournait souvent pour montrer sa doublure d'un rouge très suggestif. Un épais bonnet sombre, en forme de perruque, retenait à peine les cheveux drus et noirs d'une tête hideuse tordue par le rictus, figure boursouflée dont les yeux injectés sous les sourcils froncés, le nez de vautour et le teint flamboyant ne montrèrent que trop bien les instincts sanguinaires, affirmés, de plus, par ses gestes furieux et ses imprécations.

Quel était ce messager farouche et de mauvais augure devant qui tout s'incline avec humilité?

Serait-ce le *daïmyō* (1) suzerain venu rendre un jugement? A moins que ce ne fût l'émissaire du *shōgun* (2) ou le régent lui-même. Toujours est-il qu'il a rempli le rôle d'un justicier féroce.

(1) On nommait *daïmyō* (c'est-à-dire « grand nom ») les samurai dont le revenu dépassait 10.000 koku de riz. A partir du 17me siècle les daïmyō reçurent en apanage les grandes seigneuries féodales moyennant certaines conditions.

(2) Les *shōgun* étaient des généraux qui finirent par usurper le pouvoir temporel du Mikado.

Véritable régent-roi qui régnait pour l'empereur nominal resté chef religieux, le shōgun non content d'avoir en garantie les otages des seigneurs féodaux, prit la précaution d'entretenir les émissaires auprès des daïmyō par crainte de soulèvements. Quant à l'empereur-fantôme, invi-

Arrivé sur l'estrade quittée par la châtelaine et le samurai, l'homme au hakama, pour moi un daïmyō, restait silencieux, les traits contractés, pendant que les mousmés défilèrent devant lui. *Moussoumé odgigi* (la mousmé salue) disait alors chacune en faisant à chaque pas une nouvelle révérence avec la tête baissée sur leurs petites mains dont seul le bout des doigts (1) touchait les *tatami* (2).

Mais voici le tour de la dernière mousmé qui sera la victime et n'ose pas avancer; le regard oblique, l'air suppliant, elle semble une colombe devant l'oiseau de proie. Lui, d'un geste brusque, jette son ōgi (3), l'éventail rigide, étrange accessoire des deux sabres, et du *kozuka* (4); mais ce n'était pas un signe d'amour ou même de pardon, car lorsque la mousmé se précipita pour rendre l'éventail tombé aux pieds du daïmyō, celui-ci, dédaigneux, se borne à tourner le dos en quittant la scène avec ostentation.

Reprenant la place du daïmyō, le samurai annonce de mauvaises nouvelles, car la mousmé paraît terri-

sible au profane, il était relégué dans quelque sanctuaire; ainsi la suppression du shogounat par la révolution de 1868 fut pour le Mikado Mutsu-Hito la juste restitution de droits immémoriaux, qu'il vient de consacrer par un règne glorieux.

(1) Alors les mains cintrées depuis le bout des doigts jusqu'aux poignets qui dépassaient un peu les avant-bras rentrés, formaient une ligne sinueuse, la graphie de l' « S ».

(2) Ce mot sert à désigner les nattes en paille de riz.

(3) L'*ōgi* est l'éventail pliant, par opposition à l'*uchiwa*, l'éventail rigide.

(4) Poignard placé près de la garde, dans le fourreau du petit sabre.

fiée; sa compagne tâche de la calmer, plaisante et voudrait rire; mais le samurai lui impose silence pour lire des papiers qui doivent signifier un arrêt bien sévère puisque les mousmés revenues en scène essuient leurs yeux bridés, pendant que le guerrier empoigne la jeune fille et l'entraîne vers l'estrade. La mousmé se débat, résiste et veut s'enfuir, comme un beau papillon, mais elle n'échappera pas au samurai qui maintient la jeune fille sur la toile de fond, tandis que sa main droite appuie le bout du fourreau (1) de son sabre contre le visage de la moussoumé pour montrer d'un geste symbolique, qu'on allait la pourfendre.

Soudain celle-ci chancelle et tombe sur l'estrade, frappée non par le samurai qui n'avait pas bougé, mais par un justicier placé derrière la scène qui venait de pointer l'instrument du supplice à travers la paroi scènique et la poitrine de la mousmé dont la chûte fait voir un sabre rouge (1) fixé jusqu'à la garde!

Dans les tragédies grecques, la victime périt en général au dehors de la scène (2) où le messager vient raconter le dénouement final; au théâtre moderne, la mort a lieu devant les spectateurs; ici, par un mélange des deux écoles, la mousmé fut frap-

(1) Le *Katana-no-Kojiri*, bout du fourreau des sabres étant parfois très pointu pouvait même servir d'arme.

(2) Parfois même la victime est sauvée (Oreste, dans l'*Iphigénie en Tauris*, d'Euripide) on finit par ressusciter (Alceste d'Euripide). Dans le théâtre hindou pas de mort, ou même un embrassement public; tandis qu'en Chine on tuait sur la scène, même avec des tortures.

pée en scène par une main invisible, à l'inverse de ce qui se passe lorsque Polonius est poignardé derrière la toile de fond par Hamlet resté sur l'estrade (1).

Bientôt le justicier se dévoile lui-même, le sabre étant retiré du décor au moment précis où le daïmyō retourne avec l'arme sanglante pour juger son œuvre, sinon la victime qui, dans ses convulsions, roule au bas de l'estrade et semble être morte. Sa compagne embrasse le cadavre, voudrait le ranimer sans y réussir; alors cette geisha repliée sur elle-même et toujours à genoux, exécute une pantomine funèbre qui arrache à la salle de longs applaudissements. La danseuse repart et lentement se relève à mesure qu'elle s'éloigne de la victime en un rythme gracieux; puis la danse mortuaire ramène la geisha près de la mousmé qu'elle heurte sans le vouloir, alors frissonnante, la geisha sanglotte, osant même défier le justicier qui, du haut de l'estrade, avait tout contemplé.

Lui se taisait toujours; enfin, exaspéré, il profère des paroles acerbes, peut-être des mensonges, car d'un effort suprême la mousmé relève la tête et remuant ses lèvres crispées, s'efforce à démentir et montre sa blessure; mais trahie par son élan, elle retombe et tout semble fini.

La geisha frémissante pousse le cadavre devant le justicier qu'elle implore pour l'amie qui ne doit plus l'entendre. Pourtant ses prières déchaînent seulement les accès de fureur du daïmyō qui, d'un geste cynique, essuie son sabre rouge sur l'envers écarlate de son manteau noir; puis, baissé sur le cadavre, sa

(1) *Hamlet*, de Shakespeare, acte III, scène 4. Remerciements au professeur Ouvrard pour m'avoir rappelé la mort de Polonius.

voix s'adoucit et pour cacher son émotion, il se voile la face.

Aurait-il regretté toute sa férocité? Nullement, le voilà redressé qui reprend son air dur et remonte sur l'estrade où le samurai restait pétrifié. Le daïmyō fait un signe au samurai qui se lève pour achever d'un coup de sabre celle qui, par deux fois déjà, paraissait être tuée.

Pourtant le daïmyō n'est pas encore content, son sabre tranche ensuite la tête du samurai; je crois même qu'il massacre aussi la châtelaine, la geisha trop zélée ou l'une des mousmés, mais comment préciser lorsque enragé de voir leur indignation, le justicier frappait à tort et à travers pendant que le rideau tombait sur une scène de carnage.

La représentation eut lieu l'après-midi, dans un demi-jour, sans entr'actes ou changements de décors, et l'orchestre jouait des airs lugubres accompagnés souvent par la voix caverneuse ou même terrifiante des musiciens qui semblaient vouloir stimuler les acteurs (1).

Jean Campiniano-Cantemir,
43, rue Monge, Paris.

(1) Ainsi dans Eschyle, le chœur des Erinnyes réclamait le supplice du métrophone Oreste.

ACHEVÉ D'IMPRIMER PAR

IMPRIMERIE DE LA NOUVELLE ÉDITION FRANÇAISE

LE XXVII AOUT MDCCCCXII

www.ingramcontent.com/pod-product-compliance
Ingram Content Group UK Ltd.
Pitfield, Milton Keynes, MK11 3LW, UK
UKHW021049260726
13994UKWH00005B/2409